Thomas Geduhn
Mandarinentiefesgrün

Bibliografische Information der Deutschen Bibliothek:
Die Deutsche Bibliothek verzeichnet diese Publikation in der
Deutschen Nationalbibliografie. Detaillierte bibliografische
Daten sind im Internet über http://dnb.ddb.de abrufbar.

Umschlagfoto: Dietmar Lang; www.brasilblog.de
Umschlaggestaltung, Satz & Layout: Thomas Geduhn
Herstellung und Verlag: Books on Demand GmbH, Norderstedt

ISBN-13: 9783833491801

Weglos, auf der Jagd nach dem tiefen Grün
der Mandarine und ihren stillen Blattbegleitern:

Mandarinentiefesgrün ... Unsagbares

Für Monika & Alex

INHALT

MANDARINENTIEFESGRÜN

Ach Eichmann

Der Eichmann sitzt jetzt im Starenkasten
Da wird er nicht geblitzt
Er sieht die Menschen vorüber hasten
Eichmann's Gemüt ist nicht erhitzt

Nein die Menschen hasten nicht
Sie woll'n nur weg von IHM
Der Eichmann sitzt da zu Gericht
Über all` die Jehudim

Ein Monster sitzt da oben rum
Betrachtet die Menschen durchweg stumm
Es trachtet nach den Jehudim
Für's Monster ist's nicht weiter schlimm

Er ist ja gar kein Monster nicht
Er sitzt ja gar nicht zu Gericht
Er ist ja gar ein Büttel bloß
In seinem Hals da sitzt kein Kloß

Ach Eichi Speichilecker du
Du Phänotyp der deutschen Ruh
Denn hier im Land muss Ruh` muss sein
Drum richtet er die Vernichtung ein

Der Eichmann ist ein Profiteur
Ja vorher war sein Leben schwer
Wie all die Müller Schulzen Schmitt
Nimmt er jetzt vom Leben mit

Auf blütenweißes Papier stempelt er den Rahmen
Und dahinein schreibt er seinen Namen
Der Technokrat genannt Adolf Eichmann
In Diensten von Deutschland
dem gigantischen Leichnam

So bürgerdeutsch die Macht da lacht
Logistik pur bis die Schwarte kracht
SS-finale Lösung braucht's
Und zwar perfekt damit es raucht

Jetzt hat man ihm das übel genommen
Sie haben ihn nicht verstanden
Da ist ihm jemand beigekommen
Und Eichmann kommt abhanden

Wein nicht um mich Argentina
Ich muss jetzt nach Israelia
Muss in den Starenkasten da ist alles meins
Ich bin das Aktenzeichen 40/61

Ricardo Klement ist enttarnt
Kein Kumpel hat den Kerl gewarnt
Jetzt muss er wieder Adolf Eichmann sein
Unter Jehudim wie fein

Arbeit macht frei
Der Eichmann war dabei
Adolf hat nur auf Befehl gehandelt
Hat mit der Unschuld angebandelt

Adolf heißt er wie sein Idol
Jetzt fühlt sich Adolf nicht ganz wohl
Jerusalem im Wonnemonat Mai
Da ist's für Adolf bald vorbei

Vom Schreibtisch zum Strang
Da wird einem ganz bang
Eichmann's Asche schwimmt im Mittelmeer
Und mit ihm das tote Millionenheer

Im Regenhaus

Im Regen gebündelte Pose
An die Mauer rissig gedrängt
Strähnen liegen auf der Stirn
Wasser dringt durch die Hose

Ölflecke wie Regenbogen
Schwitzen auf dem Asphalt
Nassblitzende Lichter kalt
Heiligabend war einmal

Ich bin ein wildes Tier
Das verstoßen ward von seinem Rudel
Gestrichen von den Gehaltslisten
Enteignet, entmietet, mit Himmelsherberge

Die ungeschriene Wut
Bleibt in der Joppentasche stecken
Und rumpelt steingleich in der Brust
Durchtost mich - wie ein Wasserfall in Maoriland

Regen in Tropfen gemessen
Abgezählt unter Laternenlicht
Eins-Zwei, nicht zur Kurzweil, Eins-Zwei; würde
der Boden so fest sonst schwinden unter und in mir

Genommen, geschoben, gedrängt
Bei Nacht und Nebel gehängt
Im Regenhaus hier, so soll es sein
Die Mechanik des Blutes ist mein Sein

Der Regen spritzt sich in den Eingang hinein
Er sucht nach mir, er fordert komm'
Es wird Zeit, eine letzte Entscheidung
Ein allerletzter Meilenstein

Wasser rinnt durch mich hindurch
Im Sprung die Regentropfen verfehlt
Im Sprung das ganze Leben abgezählt
Hab' keine Furcht – Hab' keine Furcht

Aperçus

Identität kommt spät
Perspektiven lieben sich eingelegt in
jungfräulichem Olivenöl
Auskommen mit dem Zerwürfnis
`s Gewissen will's Gewissen nicht missen
Unterwegs ist immer Abschied
Empfindsamkeit bringt Vielsamkeit
Menschenbild oder was sonst so gilt
Zeitenwende kommt behände
Genügsamkeit??
Genügsamkeit!!

Aufbruch - ach Du, zerr nicht immer so

Apfelmus bei Gantenbeins

Jedermann erfindet sich früher oder später eine
Geschichte, die er für sein Leben oder jedenfalls für
einen Teil des Lebens hält.
Jetzt, da wir eingeladen sind in eine Gute Stube,
wir wissen, dass wir gleich zu Mittag essen werden,
wir uns der klammen Vorfreude auf das sämig und
brätig duftend Hereinziehende geziemend hingeben.

Das ist schließlich nicht boshaft und wir zeichnen nicht
für die Verantwortung, dass es da draußen anders
zugeht. Was wohl verstellt ist, ist nur Natur,
ist nur der Normalfall;
wir müssen uns schließlich nach oben orientieren!

Das Licht des Tages streitet mit der opaken Stimmung des
Raumes. Wir wollen nicht, dass das Licht den Raum und
uns seziert. Die verschleierten Fenster wirken schwer in
den Raum; wie hängend, wie einer bestimmten
Hunderasse nicht unähnlich.
Schneefall schwer lastend in der Luft,
hier drinnen blinde Wohligkeit.

Gibt es gute Geister in der Küche? Da, ein vielarmiger
Auflauf an der Verbindungstür, Füße über dem Parkett.
Die Speisen kommen, überreich, Schauder zwischen den
Schulterblättern, hmmm ... am Hosenbein, Wonnen; jetzt
ist das feste Lederschuhwerk gerade recht.
So haben wir mehr Halt.
Die Speisen kommen in Schüsseln aus Porzellan, die
schweren Deckel werden gehoben.

Wir essen. Wir gründlich, sauber, pünktlich, ethisch und gerade sitzend. Die Mundwinkel sind angestellt, Signale werden ausgetauscht, etwa ´nie mehr wird es so sein`.
Oder doch?
Diese immer währenden Kriegswinter werden unter Aufbietung aller Willenskraft verdrängt.

In der Küche wird jetzt der Apfel, der noch im Spätherbst hing, seiner Schale entledigt; sie wird gedünstet, ganz vorsichtig, dann in allerfeinste Stücke zerschnitten und mit brauner Melasse in der Kasserolle stehen gelassen. Die Fruchtstücke der Ananasrenette kommen hinzu und in der Restwärme geschwenkt. So werden sie bis zur Mitte mürbe und behalten ihren festen Biss und den Geschmack.

Gantenbein's sind gute Gastgeber. Wir sind gute Gäste. Alles ist gut, das Wohnviertel, der Schnee, das Bankkonto,
die Sauberkeit, die Speisen; wir besitzen gute, feste Unterwäsche und genügen dem Wohlanstand sehr.

Wir sind seine zweifellose Elite.
Ein Wettkampf auf hohem Niveau, gewiss, mit uns, als fortwährende Sieger.
Wenn der Mensch doch nur so viel Vernunft hätte wie Verstand, wäre alles viel einfacher.
Aber ... aber ...

Haben oder auch Herrschen! Ohne diese beiden
Eckpfeiler
würden alle wunderbaren Naturanlagen in der
Menschheit ewig unentwickelt schlummern.

Statt bei Gantenbeins zu speisen, müssten wir
immer noch mit Wildkräutern oder ungeschlachten
Batzen Wildfleisches vorlieb nehmen.

Es ist so.

Der Mensch will aber doch –bitte sehr- Eintracht;
wir hier am Tisch wollen Eintracht; in Frieden nur unser
Apfelmus verspeisen; aber die Natur weiß besser, was für
eine Gattung gut ist - sie will Zwietracht. Sie glaubt:
Keine Zwietracht - kein Fortschritt. Darüber mit ihr zu
diskutieren ist nicht immer einfach.
Ihr Credo lautet: »Ich, die Natur bin gut, soviel ist
gewiss.«
Und sie ist schlau.
Sie legt falsche Fährten aus – manchmal!

Es wird dunkler da draußen.
Nietenbesetzte Lederfauteuilles bieten uns ausreichend
Schutz und laden ein, eine neue Geschichte zu erfinden.
Geronnene Zeit zunächst. Dann friert sie ein.

Ausschnitte

Das Gestühl zwingt mir sein 2 x 90° Wesen auf.
Die Rinnsale Wassers am blau-weiß gestrichenem
Brunnen verhöhnen mich; sie lugen zu mir herüber
und plätschern mir ihr ´ich falle weich und steige
auf Lied` zu. Wieder und wieder.
Dann werden sie suggestiv:
W I R verschaffen dir den Genuss zwischen deinen
sonnentrunkenen Lidern.
Gib nur acht, dass du vor lauter Sonnenseligkeit
nicht von deinem Sitz fällst.
Pah, gottergebene Sinnlichkeit, erwidere ich und
höre das aufsteigende Fauchen der Autos.
Der Ausschnitt meines Blickfeldes ist gewollt
verflucht klein. Eine Schleuse zur Außenwelt.
Ich bin subjektiv, mein Blickfeld wie das eines
unterbelichteten Objektives mit sphärischen Brennweiten.
Ich gebe mich verloren oder bin es schon ...
Durch fast geschlossene Lider fließe ich
hinaus in die Welt.

Die Menge Blutes in meinem Kopf nimmt bis auf
das notwendige Maß zur Aufrechterhaltung der
Vitalfunktionen stark ab.
Hat man je einen solchen Pudding in der Kurve wie
mich gesehen?
Sonnenstrahlen treffen auf meine Augen, brechen
sich, aureolengleich, an den Spitzen meiner Wimpern.
Die Sonnenlust lastet auf meinen Schultern,
auf meiner Brust, bildet kleine Enklaven auf meinem
Rücken, warm, hüllend, greift sie nach meinem Nacken,
sagt hallo und zieht mir ihre saumselige Kapuze über.

Drei Farben sehe ich in diesem Treibhaus mit milden
Luftstößen: himmelsblau, die Farbe der Luft, und
gemischtes Grün gefügt an helle Asphalt- und
dunklere Teerbänder.
Es gibt einen Baum, nein drei sogar, blühende; eine
lustige Trauerwitwenweide, eine japanische Zierkirsche
und, man mag es kaum glauben, Mimosen.

Der Springbrunnen bekommt ein Gesicht, immer dann,
wenn ich ihn in meinem verletzlichen Zustand ansehe;
er blickt hinüber zu mir, er grient.
Siehst du, sagt er, siehst du mein Freund,
wiederholt er leise,
I C H habe D I C H im Griff.
Ach geh, du Tölpel, sage ich, reiße meine Augen auf
und der Patron legt mir eine frische Tageszeitung hin.
Voila!
Ich beschließe fremd-zu-gehen und gebe mich ihr hin.

Ein Spiel nur, gewiss ...

Wir alle wissen, sagt der junge Ich-Erzähler, dass
der Legende nach alle Poesie nach Auschwitz Barbarei
ist.
Wir alle wissen aber auch, so fuhr der junge Ich-Erzähler
fort, dass der Zufall das wahre Wesen der Dinge ist.
Wo der Zufall aufhört, muss man sich in Acht nehmen.
Das ist der Moment,
in dem die eine Realität keine Alternativen mehr zulässt.

Ene - Menetekel – der Mensch ist ein Ekel,
ist ein boshaft-liebreizender Mensch.
Eben noch spricht er mit der zutraulich äugenden
Blaumeise im Grünen; irgendwann dann, wenn es seine
Hormone, seine Launen, sein Appetit es ihm gebieten, es
von ihm verlangen, möchte er sie fangen, zupfen, rupfen
und quetschen, vielleicht nur verspeisen.

Aber sogar in der Staatsoper, sagte der junge Ich-Erzähler,
treten auf der Bühne manchmal Soldaten in langen,
grauen Wehrmachtsmänteln auf, ab und zu tragen sie
wahrhaftig Uniformmützen mit einem Totenkopf.
Ist die Welt denn schlecht, oder ist sie lediglich
idiotisch unmoralisch und funktionell gottlos?
Nein.
Ein Spiel nur, gewiss ...

ENTSPERRT

Denken gefährdet die Gewohnheit

Bau der Liebe kein Denkmal
Sperr die Freiheit nicht ein
Singe die Einschlaflieder nicht
Du könntest eingelullt werden

Das Babel der Kulturen
Wütet gegen das Erbe
Der Evolution
Und ist es doch selbst

Der Mond steigt über
die Dächer
Schneller noch als die Sonne
Und hört doch all die Einschlaflieder
Und sieht doch all die Evolution

Mal der Liebe kein Gedankengebäude
Lull die Lieder nicht ein und schlaf
Mit der Freiheit nicht ein
Du könntest eingesperrt sein

Der Mond steht jetzt hoch und
Lächelt kalt während er all die
Bemühungen auf sich zukommen sieht
Er versteht den Sisyphos und sein Lächeln wird milde

Buridans Eseleien

Hat der alte Rationalist
Sich doch einmal weg begeben
Und nun soll der Scheibenkleister
Auch nach meinem Willen leben.

Ein Haufen links, ein Haufen rechts
Fühle mich wie jedermanns Knecht
Es ist das Heu, ja das Heu
Das jetzt da liegt –ach meiner Treu

Gehe, gehe manche Strecke
Dass das Heu zu meinem Zwecke
Liegt vor mir pardauz im Maul
Obwohl, ich bin kein Ackergaul

Nein, nun komm du alter Feister,
komm, belebe meine Geister,
jetzt stehst du hier, du armer Tor
bist so unentschieden als je zuvor.

Oh Buro Buros Buridans
Esel bin ich und kein Schwan
Ich bin doch nur ein Gleichnis hier
Glaubt ihr denn, dies gefiele mir?

Ein rechter Esel, das bin ich wohl.
Ein bisschen dreist, ein bisschen hohl.
Grad wie du Mensch, so schön, so kluge.
Wir fallen gemeinsam in die Grube.

Ich, weil ich so unbescheiden.
Will jene Heuhaufen, die beiden.
Jetzt bin ich schwach muss sterben nun.
Bin's selber schuld, wollt' mir doch was Gutes tun.

Und du, du Unheilvoller,
du bist ja noch um Ein'ges toller.
Ist's Glas nun voll, ist's Glas nun leer.
Mein Lieber, du machst's dir selber schwer.

Egal, bist schon lange Knecht gewesen
Wenn wir nicht wissen, was wir woll'n
Dann sehen wir wenigstens mal den Besen
An dessen Wesen wollen wir genesen.

Nun merke an, wir übertreiben.
Soll die ganze Welt den leiden?
Soll das ganze Haus ersaufen
Nur wegen zweier Heuhaufen?

ES DAUERT MICH

Alles was mir zu lange dauert
Dauert mich
Alles was ohne Dauer ist
Dauert mich
Verlust von Zeit; Gewinn an Zeit
Neutrale Gesundheit – Neutrale Krankheit
Neutrales Leben

Ich würde gerne Erbsen zählen
Würd mein Leben so neu erwählen
Und wäre gerne Hermaphrodit in einem
Zirkuszoo im Internet; das wär' nett.
Das wär schön: erhebend und klebend
Verunaussagt, vernebelzwickelnd,
ich würde mich ...
Doch es wär' MEIN

... S t r u k t u r, T e x t u r, S t a t u r ...

Blur Blur, Oblomow Alleinikow, Blur Blur,
du hör du ohr du tor du mohr
und schuldig, immer feste, Stimmen grimmen, immer
feste, wenn ich ich stör, dann mich mich stör,
dann hör ich es es stör ...
verstöörte Entladung eines nicht länger halt- und
deshalb zumutbaren Alkalibatteriestandes; unaufladbar.
Tonne auf – Tonne zu. Weg damit! Entsorgt.
Wie eine Ausstülpung der Hirngefäße.

Kein Aneurysma in dieser Zeit, als hier das meinige breit
und breit; oh Haloperidol, mit dir ich fühl' mich wohl ...
Ich ziehe mir die Bettdecke über das Gesicht und warte
ab.
Ich weiß sehr genau, nichts wird passieren. Dennoch,
genau deshalb weiß ich, was passieren wird.
Nein, da kommt keine Heerschar Monster, die sich aus
dem Dunkelschatten unter der Autobahnbrücke löst.
Es werden auch keine veritablen Päderasten kommen.
Und es dringen keine leisen Geräusche an
mein Ohr, die Unheilvolles verkünden wie, ´draußen vor
deiner Türe steht ein stärkeres, erbarmungsloseres, ein
noch intelligenteres Wesen als du`.

Nur die ekligen Zyniker, die, die meine Situation
ausnutzen wollen, weil mein Leben zwischen dem
Gestühl der Beziehungsfremdheit stattfindet,
die liegen neben mir und teilen meine Bettdecke.

Ich muss in ihre Augen sehen. Sie schauen mich an,
mit meinem Gesicht. Ich greife zu einer List und tue so,
als blickte ich nach innen-binnen. Ob sie es merken?
Die Marker merken es; schöne bunte Merker-Marker. Oh
Heiland reiß die Himmel auf, Erlösung nimmt nun ihren
Lauf. Ich habe was ersehnsucht versucht.
Unfug, was für ein Un/fug. Nicht alle Fugen dicht, wie?!
Eindeutig jawohl-nein. Der Honig schleckt den Boden
auf, die Zunge nimmt nun ihren Lauf, ich höre auf, ich
höre auf: HÖR' E N D L I C H AUF!!!!

Gleich lös' ich mich auf, denn bin erst einmal aufgelöst, löst es sich ab und gleich wird's -wie schööön- gleich wird's was Neu's.

Ich bin schon eine echte Stimmungskanone. Hooach, ich freue mich ja so.
Freuen sie sich auch??!!

Es lauert was

Und wenn es noch so harmlos lacht
Hinter Schattenwänden lauern Reißzahnträger
Rotäugige, bedeckt mit schwarzem Fell

Allgegenwärtig dass es kracht

Geifer dünstet schweflig auf Luftzügen
Ohne jeden Zwischenstopp dahin
Von müheloser Hand und ohne jeden Fahrplan
weiten sich die Mäuler

Jetzt muss ein jeder sich selbst genügen

Riemenschneider verrichten schon ihr Werk
Bäume entledigen sich früh ihrer Blätter
Die Macht ist aufgebrochen - bricht auf zu neuen Ufern

Erkenntnis ist ein Zwerg

Fallschirmjäger

Fallschirme schweben von oben
auf die Weiten des Grünlandes.
Zu Hunderten, ohne jeden Tarnanstrich, dicht an dicht,
trudeln sie herunter und beginnen mit der sofortigen
Eroberung des Landes. Kein Laut ist zu hören.

Ein stiller Ablauf; kein Befehlshaber, der koordiniert.
Das Ganze ist eine Choreografie der Vielen.

Aus der Distanz sehen sie perfekt und winzig aus.
Doch der Eindruck ihrer Zerbrechlichkeit täuscht, denn
die Besetzung der neuen Lande ist massiv und geschieht
unaufhaltsam zielstrebig.
Sie gehen unbeirrt nach dem Territorialitätsprinzip vor.

Wichtige Stellungen werden sofort besetzt,
nichts wird dem Zufall überlassen.
Sie sind unglaublich effektiv in ihrer Vorgehensweise.

Da hinten, lässig an einen Baum gelehnt, ist das Kind.
Es kehrt, auf einer breiten Wurzel stehend, den linken
Fuß weit nach außen, knickt das rechte Bein unterhalb
des Knies nach hinten und steht, mit dem rechten Fuß
fest gegen den Baum gestemmt.

Es hebt die gut gefüllte Hand vor den Mund,
bläst die Backen auf,
stößt die eingehaltene Luft am Stück aus und ...
hat seinen Spaß.

GENÜGSAM

Max - höre ich Claras
Stimme hinter
mir.

Mehr will ich nicht
vom Leben
Niemals!!

Goldzähne

Jetzt, ein Gast, der einst, Goldzähne zählte
Ja, glauben Sie denn nicht, dass dies mich quälte
In der Heimat, in der Heimat, da gibt's nie Wiederseh`n
Es waren Demiurgen, die stiegen aus den Fehn

Mein Goldzahn war's und meiner, meiner auch
Der eine schrie, die andere auch, Gewebe schwebt als
dunkler Rauch
Steigt hoch und höher wie luftiger Brauch und verlischt
Goldene Zähne strömen zu den Toren als goldene Gischt

Jetzt, da der Mensch, der einst, in seiner Macht
Hat andere um's Leben gebracht
Getanes nicht getan und ungeschehen
Es waren Ideen, die stiegen aus den Fehn

Keine Freiheitsgrade mehr unter dem Sand
Luft ist servil ziviler Hass wie
unberechenbares Möbiusband
Kalter Schwall servil steriler Leberpunktion
Nur Wissen schafft Wissenschaft in hehrer Aktion

Nun sind sie fort an einen anderen Ort in Südamerika
Auch da braucht's Ordnung und Ideen wunderbar
Der Weihnachtsschnee mag manchem gefehlt haben
Gib nur ja Acht; in Mengen mengelt's; gib nur ja Acht,
wenn sie sich laben

Wenn sie heut` wieder die Mundwinkel nach oben zieh`n
Dabei im Inneren tausendfach geschrie'n
Nach dem alten Neuen, so wie es war, so wunderbar
So wie es war, in der großen Schar

Ja, sie würden schon wollen, wenn man sie ließe
Doch sie können nicht dürfen, müssen's verschließen

Von den Bergen
nach Schwitz
über Hausen
nach Au
Im Maj ab
nach Belsen,
Da/nek gibt's allerlei Rau.

ICH BIN AGGRESSIV!

Ich bin aggressiv!
Menschen sind von Natur aus aggressiv.
Menschen sind selbstbezüglich – natürlicherweise;
individuell, in ihren Kulturen und – überhaupt in dem,
was wir in stabiler Notdurft als Kultur bezeichnen.

Und so ‚stehen' Menschen - polarisiert und ahnend –
zwischen ihrer Naturhaftigkeit und ihrer Kulturfähigkeit
- polarisiert und ahnend - .

Der alte Affe Angst sorgt für das Pendant,
für die Ausgewogenheit
zwischen dem Hin und Her, wie eine Brücke, wie
um zu sichern; dabei erhält alles den Stempel
»Ressource«.

Ich bin aggressiv!
Menschen sind von Natur aus aggressiv.
Mit der Idee des Paradieses, des goldenen Zeitalters,
vermitteln wir uns gegen unser evolutionäres Erbe den
Status der Unschuld.
Wir sind Erfinder und Produzent, Zwischenverkäufer und
Konsument dieser Idee.
Diese Idee soll ein Indiz, besser noch Beweis dafür sein,
was uns fehlt,
etwas, kraft dessen der Mensch über dem Leben steht.

Pflanzen bleiben angepasst, da, wo sie vorkommen;
Tiere leben je nach der Komplexität ihres Wesen aus ihrer
Mitte heraus, aber sie leben nicht als Mitte.

Nur der Mensch in seiner angepassten Unangepasstheit –
seiner exzentrischen Positionalität – lebt überall.

Es gibt nichts un/menschliches, nur das Mensch-Sein!
Bevorzugt dann, wenn das
ICH über das DU erst zum ICH wird.
Dann, ja dann gibt es noch etwas anderes als das
                                        aggressive
Wesen Mensch.

GRÜNER TEE

Noch kurz vor dem Aufbruch
Füllte er seine Flasche
Sie war sehr grau
Ihr Inhalt war grün

Es war ein leichtes Grün
Ein flüssiges Grün
Es würde ihm gute Dienste leisten
Vorausgesetzt er käme dazu
Es in Anspruch zu nehmen

Er war nicht sehr groß
Hatte schwarzes Haar und
die typische Form der Augen
Er sprach Stakkato wie auch die Anderen
Auch sie mit dem flüssigen Grün versorgt

Mit Schiffen und Flugzeugen zunächst
Dann auf zwei Beinen zunächst
Im Wald der Salomonen
Würde sich der Trunk schon lohnen
Würde er sich vom Kampfe schonen

Feldflasche du graue schlaue
Liebste Freundin spüre ich wie
Du dich verströmst mit deinem grünen Gold
Und vor mir fallen sie und die Anderen
Ihre Anregung war wohl nur flüchtig, ach

Doch liebste Freundin ist es nicht deine Schuld
Die wunden Wunden und der Mangel
Voran nur vorwärts weiter jetzt
Sie überholen uns ein jeder hetzt
Voran nur vorwärts weiter jetzt

Du bist Teil unseres Erfolges
Dir schulden wir Dank so auch der Tenno
Wer munter bleibt der wird auch lange siegen
Unser Feind der trinkt Kaffee
Doch wir sind überlegen mit unserem Tee

Ipanemamädchen

Unten der Verkehr
die Reifen können nicht schweigen
auf nassem Asphalt
so im November
sein Gesicht ist grau
Regen wie Hosenschleier in einem fort
es wird kälter - langsam
süßer Schmerz du kleiner
versteck dich nicht vor mir

Alles geht zum Meer
dort wo das Ipanemamädchen
die Töne des Tenorsaxophons in den
graugesichtigen November spielt
nur die Melodie zeigt Einsicht
und so geht sie
in einer anderen Welt
unter blauem Himmel
am blauen Meer
ihre Schritte hinterlassen feine Spuren in
dem hellen Sand
sie beachtet Niemand`

Eine Männerstimme haucht wieder und wieder
in die blaue Unerreichbarkeit ein luftiges Nichts
Die Reifen schweigen
auf dem nassen Asphalt
kein Verkehr stört mehr die Süße
der Melancholie
der Vorstellung
der Sehnsucht - ach der Sehnsucht

der Sand ist so nass
das Meer ist still verhüllt
die Wolken kommen näher
mich zu küssen
Alles geht zum Meer
nur der Regen ist immer derselbe
nur das Ipanemamädchen ist immer dasselbe
ihre Spur verblasst auf dem hellen Sand
die letzte Kontur überspült von den
Zungen des Meerwassers
ein sanftes Nichts führt
in die blaue Unerreichbarkeit
hinter dem Horizont nur feine Sehnsuchtsschleier
weit weit
die Häuser färben sich unter dem Regen
die Nässe zieht ein in jedes Haus
sehr langsam wird es kalt

Die Autos fahren wieder an
      wie immer fahren sie an
            keine Melancholie kann das je ändern
                Ein Leben ohne Spuren

Zuletzt alleine
      ein süßes Gefühl
            zuletzt allein

KANN NICHT

Kkkannn jeetzz nich; sagte sie drängend.
Dabei habe ich nur kurz, wie jeden Abend angeklopft.
Ich will fragen, ob sie was braucht, vielleicht ...
Aber wieso sage ich:
Dabei hatte ich nur kurz ... Ist ja gerade so, als hätte ich
in
dieser von Braunkohle schwärenden Gegend – ach lass
gut sein. Immer gut sein - Mensch, da guckst du nach
denn Anderen, und wer guckt denn nach dir. Was?
Ne ne, ich bin keine Heulsuse, komm mir jetzt bloß nicht
mit so was. Keine Lust hier rumzuerklären.

Manche Feierabendübung besteht bei mir darin, dass ich
Prospekte von Mallorca, Ibiza angucke. Und manchmal,
wenn ich mich verwegen fühle, wenn ich so richtig den
Blues hab, dann hab ich mir auch Prospekte von
Schottland angesehen. War schon toll, echt!
Weißt du, ist schon eigenartig, wenn du dich oft wie
vergewaltigt fühlst. Bist du Sozialist, bist du Faschist,
kannste dein Brot noch kaufen,
kriegste noch Kredit zum wat zu saufen.
Ach, es ist erbärmlich wie inne Kirche oder
wie in Nordschweden. Der Mensch wie ich
weiß ja so wenig; der weiß ja so wenig.
Nun ist der Mensch so; so isser eben.

Die dreiundzwanzig Quadratmeter, in denen ich mit
meinen Mundharmonikas lebe, ja, is schon ganz gut,
aber lass ma ... is schon gut.

Schön? Ach, weiß nicht so genau! Morgens aufstehen, ich
bin dann immer bisschen steif, wie. Ich mach Kaffee, hab
aber immer Sehnsucht nach Tee; würde mir dann besser
vorkommen, irgendwie.
Ist schon blöd, wenn man kompliziert ist wie ich.
Hat heut den ganzen Tag geregnet, es hatte gestern und
auch davor geregnet, es würde morgen regnen,
den ganzen Tag lang. Regentage können lang sein.

Das Treppenhaus stammt aus achtzehneinundneunzig.
Immer ist es feucht, grad jetzt bei Regen, aber auch im
Sommer, riecht nach Abweisung. Schön breit sind sie ja,
die Aufgänge. So tolles Holz, früher mal. Haben auch
mal Bonzen drin gewohnt.
Gibt alte Fotos davon; paar von denen haben sich
aufgelöst - in Luft. Das Kranke daran ist, dass die
Aufgänge aussehen, als würde sie jemand zu Tode
pflegen, so perfekt sehen sie aus.
Keine Ahnung wer, wann und so. Vielleicht die Stotterin.
Ich werde mich auf die Lauer legen müssen.

Ich komm nach Hause, tropfnass, hab den ganzen Tag in
der Bandhalle zugebracht. Motorenendabnahme.
Na, zugegeben, klingt ein bisschen angeberisch.
Ich habe gearbeitet, war auf der Arbeit, sicherte meine
Existenz, mein Leben in gewisser Weise.
Nicht leicht das Ganze – nicht ganz leicht das Ganze.
Der große Altbau, in dem ich lebe, der ist so was wie ein
Biosphärenreservat. Jeder hat doch sein Habitat, und
darin gibt es Nischen.

Der Eschenbach'sche Hausflur ist gewunden und ist es auch nicht, er war kalt und war es auch nicht.

War schon oft so müde, dass ich die Treppen und Absätze hoch schlurfte.
Ist irgendwie nicht in Ordnung, so Tag für Tag.
Kommst einfach nicht an und nirgends wohin.
Wie Zinnblechsoldaten,
wie Wesen am Großgewässer ohne Überfahrt,
mit tellergroßen Blauaugen,
Sanftgesichter ohne jedes Bewusstsein für Nischen.
Leckere Schokoladenstücke für Nischen- und
Habitatsbewusste, die, die es verstehen, können.

Ich kann nicht; renne sachte gegen die Wand.

Ach, es ist immer feucht in diesem Haus. Ach, es ist immer so groß in diesem Haus.
Ganz wenig Wegweiser. Auch zu mir.
Kann man jemanden vermissen, über den man nie etwas Gutes sagen könnte?

Goldene Zweige wachsen so gut wie nie von alleine.

LEERSTELLE

Zwischen Bauchnabel und Brustbein wohnt die Leere
Ohne Duft in Blütenschwere
Gemütlich eingerichtet lebt sie dort
reibt ungemütlich an dem Ort
wogt hin und wogt her
das Herz bleischwer

du furchterregender Vakkumbrei
wirst bekämpft
und
1-2-3 bist du frei

MATTANZA

Rhythmische Dünung
Weich, fast sanft - hmmmm
Wie der Brustkorb eines schlummernden Riesen
Winde addieren sich
Gehen Hand in Hand
Wellen sind ihre Kinder
Sie beginnen zu hüpfen
Hoch und noch höher
Jemand lacht aus der Tiefe seines Seins
Jagend, erregt und mit
Salz auf der Haut
Den Tod im Kopf
Den Tod in der Hand
Sprühnebel in der Luft
Boote schieben über Wellenkämme
Über blau-graue Leiber
Brüllen überall
Das Meer kocht in seinem Blute
Lacht nur Fischer, lacht
Am Ende dieser Schlacht
Mattanza überall

Jäger des Grüns

Mandarinentiefesgrün.
Unsagbares.
Blattgrün und fruchtnochsogrün.
Gefunden in den dunkelgrünen
Tiefen der Ozeane, empor gestiegen
als glückliches Glucksen der Evolution.

Smaragde aus den Karbontiefen von Minas Gerais,
leuchten allein aus sich in diesem Grün.
Längst schon pralle Frucht verborgen, gedeckt
durch das Blatt, das Grün, das sich
ineinander und übereinander einander schiebt.

Das Grün der dunkelgrünsten Algen.
Aus dem Bäumchen wachsen,
wie Humunkuli, die aus tiefen
Wasserträumen, den sauerstoffgeladenen Strudeln,
den energischen Strömen und den gurgelnden Bächen
immer ihren Weg finden
und uns unsere Träume weisen

Weglos, auf der Jagd nach dem tiefen Grün der
Mandarine
und ihren stillen Blattbegleitern.
Mondlos, auf der Suche nach dem Suchtpunkt deiner
Sehnsucht.

Mandarinentiefesgrün.
Unsagbares.

LECKER

Austern oder Kaviar esse ich nicht gerne gar
Tartuffi weiß Tartuffi schwarz sind teuer jedoch
wunderbar

Nach Knödeln mit Pflaumen lecke ich mir die Daumen
Gefüllte Wachteln oder Tauben kitzeln meinen Gaumen

Auch Augen vom Seehund schmecken meinem Mund
und
Die noch warme Haut vom Minkewal ist sehr gesund

Ratatouille schmeckt prima für sich alleine - so wie
Heringsrogen auf Seetang windgetrocknet auf der Leine

Wilder Honig selbst gepflückt
geschmacklich wirklich sehr beglückt
Den Tapir einst am Wasserloch
liebte sehr der Tropenkoch

Ja rohe Garnelen aß ich ohne sie zu quälen
Man hat nicht immer die Chance das Richtige zu wählen

Und wenn ich dereinst im Gebirge verunglücke
Esse ich auch Menschenfleisch am Stücke

Ich steige in das Flugzeug ein - die Technik fällt aus
Ich freue mich auf den Leichenfiletschmaus

So lecker bist du - homo lupus hominem
Dünn ganz dünn wird dein letzter Atem denn

Dann bist du mein in meinem Sein
Dann ja dann sind wir ganz rein, gemein,
nicht mehr allein

Nach Knödeln mit Daumen lecke ich mir die Pflaumen
Fünfzig Wege werde ich finden für meinen Gaumen

Ich esse das Essen um mich selbst zu vergessen
Ach ich bin auf das Essen ganz versessen

Mein Mahl werde ich hinunterspülen
Mit einem Schluck exquisiten Pazifik dem kühlen

So kommt es zum steten Wechsel der Stoffe
Vae victis: Das ist es worauf ich lecker hoffe

KANNST DU DIR VORSTELLEN ...

ich sitze auf dem grunde eines wasserlosen brunnens
glaub mir dass es traumhaft ist
jeder sucht das gleiche
      einen imaginären ort
      sein eigenes luftschloss
      und darin
seinen ganz besonderen winkel

kannst du dir vorstellen, wie leer man sich fühlt
wenn man nicht imstande ist, etwas hervorzubringen
aber vielleicht sind ja nicht alle dinge zu sehen
auch die unsichtbaren nicht

ich erinnere mich an guten fisch
glaub mir er war überirdisch
auf wiedersehen
      ein langer blick in den spiegel
      erstmals seit ewigen zeiten
      tief in deine eigenen augen
sie verraten mir nichts über mich

kannst du dir vorstellen, wie leer man sich fühlt
wenn man nicht imstande ist, etwas hervorzubringen
aber vielleicht sind ja nicht alle dinge zu sehen
auch die unsichtbaren nicht

ich tauche neben zwei krähen im fluss
eine blase auf meinem rücken ist meine sicherheit
ich strudele gegen das wasser das mich
       führt zu einem geheimen ort
       kurzum dort steht ein baum
       ich bin gleich ihm
wir sind vollständig verdorrt

kannst du dir vorstellen, wie es ist
wenn die tage aufgegessen werden und wenn
du statt schmackhafter zeitgerichte, statt sekundenticken
und jahresläufte zu genießen
waldstill nicht imstande bist etwas hervorzubringen
auch das unsichtbare nicht

in schwarz gefrorenen tiefen gleitet ihre hand
zwischen ihre und zwischen meine beine
in ihren augen ist ein dunkler raum
       der tod drängt durch die mauerrisse als leise brise
       wo ist noch ein schwaches licht in meinem brunnen
       die quelle dringt von unten durch den harten grund
und ich verlösche

kannst du dir vorstellen, wie es ist
wenn es keine gründe gibt

MENSCH//MESSER

Mensch
Maß aller Dinge
<u>Genau</u>

Nicht weil Gott darüber stünde als Hyperwesenseinheit
Geglaubt vom Menschen
<u>Sondern</u>

Weil nur der Mensch
Ist willentlich, strategisch, taktisch komplex
Ist so sehr »ICH«, strebt selbst übers Kalkül noch hinaus
An die Macht in all ihren Facetten

Bringt sich und den Planeten an und in
den Abgrund und behauptet dreist in einem fort
»Es ist Meins – Alles nur Meins«
Oder
»Wir kriegen das schon wieder in den Griff«
Und so gebiert der Mensch flugs Giganten

Wäre Gott, der Gescholtene,
der Gott der Barmherzigkeit tatsächlich
Er würde Ethik in die Welt
Indoktrinieren und Kant
Als einen seiner Oberaufseher einsetzen

Aber Gott würde irren, ja er würde irren,
Denn Kant kannte GAIA noch nicht

Aber Gott irrt ohnehin
Denn der Gott ist Mensch – Mensch ist der Gott
Aber der Mensch irrt immer

Der Mensch ist ein Messer mit einem
Leistungsfähigen Chip im Kopf
Das aber keinen Einfluss hat auf die es führende Hand

Und so sticht das Messer – Und so schneidet das Messer
Immer tiefer ...

Na und ...

Diese Sitzung brachte es ans Licht
Der Welt wird schon recht geschehen
Erwiderte der Stricher und faltete seinen Mund
Aus dem es unterdessen sämig trüb tropfte
Die Welt ist sich selbst überlassen antwortete
Der andere und trank seinen Schluck weg
Solche Entspannungsübungen machen
einfach vieles einfacher

Beim nächsten Mann ist ja doch alles anders
Meinte der Stricher und ging zurück auf die Straße
Glaubst du selber nicht erwiderte der andere
Gib auf dich acht kam es gleichzeitig aus den
zurechtgestutzten Mündern der beiden
Wird schon werden - und so geschah es

dm?

An der Natursteinmauer

gerundet, sonnendurchglüht

den Duft leichter Nischenerde

verströmend

sehe ich tief beglückt

wie eine Gruppe Löwenzahn

sich gegen den Asphalt

durchsetzt.

Nachtflug

Ein leichtes Zittern durchfährt den Flugkörper.
Augenblicke später ummantelt mich bange Unsicherheit.
Ich versuche ihr zu trotzen, wie ein Mensch,
der im Keller pfeift
und ziehe mir, einer Burka gleich, mein dickes Fell über.

Später ist alles ruhig;
nur Antriebsgeräusche sind zu vernehmen.
Auch die Erde ist ummantelt, von so vielen Dingen.
Die Luft trägt dunklen Samt, wie eine Abendgarderobe,
ausgehbereit.
Die Helden hinter dem dunklen Saphirhorizont leuchten
seit Äonen.
Und unten liegen /millionenfach/- die Geschichten bereit.

In der Nähe meines Sonnengeflechtes ahme ich
die Erdkrümmung nach, bereit, nie mehr auszusteigen.
Ich stelle mir vor, wir fliegen über
dunklen Regenwald, und gerade jetzt,
auf einem der Bäume, sitzt eine Harphye
und durchdringt mit ihren lautlosen Schwingen
auf der Suche nach Beute die Finsternis.

Nur ahnen kann ich die Ozeane,
bis ein Mondlichtstrahl mir Gewissheit verschafft:
Die Erde ist ein rundes Geheimnis!

BIBLIOTHEKEN SIND TOLL!

Es schleicht ein Gepard durch die Savanne
er hat bei der Jagd leider manche Panne.
Doch irgendwann, da sagt er sich leise:
»Ich sollte es wagen, noch leiser zu jagen,
um als Meister der Jagd unter all' den Geparden
aufs Trefflichste hervorzuragen.«

Er beschloss, einen Urlaubstag einzulegen,
um seine Jagdtechniken bestens zu pflegen;
und wie er seine Beute täusche.
Nach Quagadougou führt` in die Pirsch;
Nein, nicht wie Sie glauben zu einem Hirsch.
Wie schon gesagt, ihm ging's um Geräusche.

Er suchte und suchte: »Da ist's ja, wonach ich suche.«
Das was er fand, fand er allerhand,
denn es stand was er fand: in einem Buche!
Da ward er zufrieden mit sich und dem Land,
in dem er das Jagen am schönsten fand.

»Bin ich einst zahnlos,
statte ich der Bibliothek ab noch viele Besuche.«

Realitätsflucht

Klingt und klingt und klingt

Klong wie kling so klang

Bäde bäde Abgesang

Wirklich wirklich wird's jetzt wirklich

Erwart's zuletzt fagott flott Schafott

zu und immer zu nett Sonett Anett`

so hätten's Des wohl gerne

gezwetschgerte Pflaume Du Sie

und wenn's –genau ganz- Schwanz

Fantasie das hättest' gerne, ja

Stürzt sich der Realist ins Ferne

Was erst getrümmert dann neu gezimmert

Spei nur zu du spei spei spei Dich zur Ruh

Wwwah so wah igitt spül's runter laliluh

Fis und gis und eis kalt schwarz die Pisse

Lauf lauf vor zeig deine Nierenrisse

Ich werde dich fressen fresse dich immerzu

Wirst schon sehen wirst schon sehen laliluh

Wenn ich Dich krieg' dann hab ich Dich

Dann ängstige Dich wenn wir sterben immerzu

Du ich du ich du ich du

Die flüchtige Flucht inmitten gehängt

Und bange bange mit sich ringt

Der Arno sagt das was er kann

Dem Schmidt wird's irgendwann sehr bang

Doch Worte sind seine Spezialität

Nur die Fantasielosen flüchten in die Realität

rosa mond

so steht es geschrieben
so ist es zu hören
so wird es gesagt

rosa wird der Mond
und er ist bereits auf dem weg
keiner wird ihm die stirn bieten
wir werden seins

es läuft keiner davon
es bleibt keiner stehen
es kommt niemand zurück

er ist schon sehr nahe
er kommt sehr sanft
bereits jetzt über den gebirgen
asiens, den kleinen randmeeren europas

wir sehen und wundern uns
wir große augen offener blick
wir in klarer luft

rosa ist der mond
wer will es leugnen
ein schleier im dunst
zeigt sich hinter ihm

ein gnom reitet ihn
ein gott segnet ihn
ein hauch von wunder

am ende seiner reise
der rosa mond sah die welt
du nicht und ich stehen noch
wir träumen immerzu

so stand es geschrieben
so war es zu hören
so wurde es gesagt

es gab eine welt in blau und in grün
es gab eine welt getupft von braun und von gelb
die farben sind fort von ihr von ihr
die jetzt in ihrem wundrosa kaftan schläft

ein gnom ist tot
ein gott betet sich an
ein hauch von nichts

schwarz blickt die welt ins all
alt wird sie werden
sie bewegt sich sehr vorsichtig
sie gewinnt abstand sie träumt nun zärtlich

nie geboren wurden wir
nie angekommen sind wir
nie gegangen

wir sind der blasse schleier hinter ihr
fallen gelassen abgrundtief bald schwebend
sanft getrieben feinster sternenstaub
mit lorbeer umkränzt

heil uns

Sommernachtstraum

Ein Pferd rennt über den Rasen
anstatt auf ihm zu grasen

Weiß das Pferd nicht was es will
Es jagt geduckt, auf ihm sitzt Bill

Der Reiter mit dem leichten Body
reitet das Tier mit Namen Buddy

Buddy fliegt, das Maul tropft weiß
die Nüstern weit, die Flanken heiß

Des Reiter`s Kopf ist nach vorne gebeugt
Das Pferd ihn missmutig beäugt

Es will ihm sagen, bald ist hier Schluss
Der Reiter erwidert, jetzt lass bloß den Stuss

Schon werden sie laut, die ersten Rufe
O.K. sagt Buddy und wetzt die Hufe

Noch achtzig Meter, die Zuschauer johlen
Die Hufe heiß wie glühende Kohlen

Bill zu Buddy, wir haben gewonnen
Du hast dir das Rennen zu Herzen genommen

Da ist auch schon der Siegerkranz
Es war ein Rennen voller Brisanz

Bill sitzt ab und Buddy geht cool
Nach vorne zu dem Hauptrichterstuhl

Er zwinkert dem Hauptrichter souverän zu
Buddy grinst und verschwindet im Nu

Da vorne der Stall, da hinten die Stute
Sie bleckt die Zähne und zieht ne Schnute

Ach Herzchen komm, ich kämm dir die Fransen
Dann essen wir zusammen den Lorbeerkranzen

Sie flennen und busseln, die Luft ist noch warm
Die Nacht ist blau, Buddy hat Glück und Herzchen im Arm

Buddy reckt sich unter dem Baum
Ach was war das wieder ein schöner Traum

SONY

Saug, Säuger
Luftig fett
Unter fedrigen Trapezen
Wo sich die Bilder zeigen als
Verführte Vergangenheit,
verlogene Gegenwart,
verfrühte Zukunft
Es liegt ein Reiz in ihnen,
ach, so viele Reize

Das Offene singt sein Lied

Saug, Säuger,
den löchrigen Film
Tief geborgen in den Fängen synthetischer Klänge
in getrennter,
in multipler,
in beschleunigter Wirklichkeit
die Zukunft ist ein Museum
ach, so viel Museum

Das Offene singt sein Lied

Schwimmbad

Durch kühl-blau Moleküle
entrinne ich der Schwüle
entrinne ich dem lauten Trug

Dort unten in der Kachelwelt
kostet Alles - nur kein Geld
dort werd' ich mich vermehren

Dass ich um alles kämpfen muss
ist nichts als Krampf und Überdruss
doch nicht in dieser Kühle

Das samt'ne Blau es irisiert
betört die Sinne - dirigiert
betört mich dass ich sinke,
sinke

NACH EINER LESUNG

Die Lesung ist beendet. Kein Hochgefühl.
Nur rasch zum Auto, der kleinen Kontrasthülle, in der sie
sehr alleine und in einem stumpfen Sinne froh sein kann.
Sie tritt aus den wohlbehalten warmen Räumen des
Gebäudes, blickt nach oben und sieht durch die gerade
erst einsetzende Dämmerung die, wie von einem weichen
Pinselendstrich gezeichneten kräftigen Pastellfarben am
Himmel, welche sich in dem Wolkenartenaufgebot noch
verdichten. Unmittelbar fühlt sie, wie der vage Druck in
ihrem Kopf einer freien, leichten und sehr klaren
Selbstwahrnehmung zu weichen beginnt. Ja, es stimmt,
dass der Blick zum Himmel einem gelegentlich den Geist
zu öffnen vermag.

Was haben die Menschen sie nach der Lesung gefragt?
Worüber wollten sie mit ihr sprechen, wie kann sie denn
Antworten geben? Sie denkt:
»Ich bin kein Tempel des Konsums, wo sich die Menschen
mit Fragen erkaufen, was sie zu beantworten selbst nicht
bereit sind. Sie suchen die Spur ihrer gefühlten
Wirklichkeit bei mir.
Was sie bekommen, ist das Protokoll unbewusster Angst.«

Zwei letzte Laternen, noch wenige Schritte, und sie wird
von dem opaken Licht der Stichstraße, die stetig steil
hinab führt, verschluckt. Laut genug hört sie den leisen,
kleinen Fluss zu ihrer Rechten.
Obwohl sie erst vor wenigen Minuten das Gebäude
verlassen hat, erst diese ganz kurze Zeit gegangen ist,
nehmen ihre Sinne hier draußen intensiver wahr als bei
den Menschen, die zu ihrer Lesung gekommen sind.

Ein Pulk Saatkrähen streicht tief über das Flüsschen. Den Uferwechsel vollziehen sie trotz der beidseitig hoch stehenden Eschen von Natur aus begabt.

Warum fliegen sie nicht lauter? Verstoßen die Tiere im Moment gegen ihre Natur?

Die Krähen wittern in den jetzt rasch reifer werdenden Abend, sie atmen in die vom Flusswasser aufsteigende feuchte Luft. Ein Ruf - Eine der ihren. Noch stöbern sie. Dann stoßen sie herab, sie sind fündig geworden.

Die Frau bleibt stehen.

Auch sie hat eine Witterung aufgenommen. Sie hebt den Kopf und atmet tief in ihren Körper hinein. Ein leiser Ruf, mehr noch wie Wispern, dringt von den Eschen herüber, dazwischen kurze Atemzüge.

Auch die Frau stöbert nach etwas. Entschlossen geht sie an ihrem Auto vorbei zum Fluss, dort wo die Eschen sich im Wind massieren.

Auch sie ist jetzt fündig geworden.

Stallgeruch

Kein Mensch ist auf ihn erpicht
    Obwohl man ihn braucht

Wenn auch nicht
Vor dem Jüngsten Gericht

Dort oben an den himmlischen Toren
    Glaub's oder nicht

Wurd` noch kein Gutmensch geboren
Schon auf Erden hat wohl jeder `ne Tugend verloren

Selbst für den Stallknecht nicht
    obwohl er ihn hat

ist er eine Pflicht
im dunklen Heu, bei gedämpftem Licht

Kommt ein Fremdling neu in einen Verein
    Für Sport, Musik oder Therapie

Ist er anfänglich noch recht klein
Bis er ihn hat - so rein

Fehlt der richtige Stallgeruch dir und mir auch
    Was soll man denn machen

Es ist nicht boshaft - so ist halt der Brauch
Oder ist's am Ende nur eitler Rauch?

Ach Mensche-Mensche-Menschelein
  Du Nebelkerzenwurfexperte

Mal bist du riesig, mal winzig klein
Das wusste schon der Heinrich Hein`

Es riecht der Mensch eben gern seinesgleichen
  Und anders niemand

Denn er stellt seine sozialen Weichen
Am besten unter wirklich Reichen

Wir schnuppern uns in die Welt
  Nein Tiere sind wir nicht

Am besten mit a bisserl Geld
Damit der Stallgeruch gleich besser hält

Der Mensch samt Olfaktorium
  In seiner Weisheit sich kaum selbst versteht

Treibt sich in der Welt fast wie ein Nacktmull herum
Und nun meine Frage: ist er auch dumm?

TAGTRAUM

Als ich spielte
dort unten am Bachlauf
hocktest Du Dich
neben mich

Als ich Dich sah
dort unten am Bachlauf
sah ich das Sonnenwasserglitzern
in Deinen Augen

Als ich Dich anblickte
dort unten am Bachlauf
mochte ich nicht mehr
ohne Dich sein

trauer

trauer
tragischer tod
du gefräßiges loch
kein zurück
stummes entsetzen
hast du gebettelt, gebettelt bitte
nein
plötzlich, gerissen
unwiederbringlich
kleiner schmetterling
spreiz deine flügel
flieg flieg flieg

TRADITION

Er ging entlang der Straße

Und ich fragte ihn wohin gehst du

Ich gehe runter zu Yasgurs Hof

Noch vor dem saugenden Meer

Ich will bei den Anderen sein

Ich werde meine Zelte auf dem Land aufschlagen

Wir sind etwas Besonderes
                    sternenbestäubte Seelenträger

Festgehalten durch Unruhefratzen

Doch wir werden zu uns zurückkehren

In die Tradition des Kohlenstoffes - Milliarden Jahre alt

VERTRAUEN

Viktor
Emil
Richard
Theodor
Richard
Anton
Ulrich
Emil
Nordpol

VERTRAUEN!

Was sonst?

UFERWALD

das wasser nippt
am unterspülten land
wie medusas haupt, das wirre wurzelwerk
noch leugnet das wasser seine kraft

die zurückgetretenen bäume
singen ihre abschiedslieder
sie wiegen ihre häupter
zur nacht ist stille

am frühen morgen dann
treibt starkwind das braunschaumige wasser
unverhohlen gierig, das nass
reißt sand und steine an sich

wie bleckende zähne im totenschädel
stehen die wurzeln noch, kinderarmdick
über ihnen ächzen jetzt die bäume
und fallen zwischen wasser und land

fest gezurrt liegen sie, als hindernis
für den nächsten an-sturm
sie halten einander fest umschlungen
um ihre art zu schützen

Unzeitgemäß

Das Maß der Zeit
ist Ängstlichkeit
und Kurzweil ohne
Redlichkeit

Es deliriert
das Tagesgrau
und Sehnsucht unfroh
sowieso

Alabastergefühle
am Rand der Zeit
meucheln die Leere
fordern HHHeiterkeit

Mein Sinn - Dein Sinn
kein Sinn ohnehin
ist lästerliche Muße
so geht die Zeit dahin

Das Maß der Zeit
ist Ängstlichkeit
und Kurzweil ohne
Redlichkeit

UNBEKANNT VERSTORBEN

Er spielt so unglaublich gut auf dem Klavier
An der Ecke zugig ohne schützenden Vorhang
Eingekeilt zwischen Konsumtempeln
Fallen gelassen als Ahasver in der Jauche des Überlebens
Er spielt umsonst als ein Ein-Mann-Orchester
So nobel, so bescheiden unser aller Leiden
Er bestreicht die Welt mit Glück
Die Töne schwebten schwarz - sie schwebten weiß
Gezogen von seinen Fingern
Die jeder hört und niemand ihn sieht
Ich ging zu ihm und bat um ein Lied

Er sah mich an wie sonst niemand
Und spielte mich froh
Ein satter Teppich auf dem wir gingen
Sonnenregen stürzt hinab in nur neun Farben
Clamor – Clamor, untergeht das Wort

Fabrikneue Schönheiten ätzen vorbei, flüchten sich rasch
in Ecken - wiederstehen dem Fall
Ja so heißt es: Schneller Fall bringt schnell die Hitze
Es zerreibt sich
Das Experiment misslingt umschlingt es ringt
in einem fort
Clamor – Clamor, untergeht das Wort
Wer um alles in der Welt bist du
Langsam fliesst der Fluss nur in der Ebene
Und die Temperaturen fallen weiter und noch sehr tief

Es war einmal Gottes Ruhm als Welten Hauptgericht
Und Menschentum als Zwischenabgang

Energielegenden leuchten fort in klarer Luft
vermahlen zu Sternenstaub
Hinein in Dimensionen für das Auge unsehbar
Entherbergt unterwegs auf den gekrümmten Bahnen
Dorthin wo es endlos still ist und
Glücksritter alleine auf weiten Ebenen Feinde suchen
Und die Temperaturen fallen weiter und noch sehr tief

Wir haben das Überleben gejauchzt
Die Töne schwebten schwarz sie schwebten weiß
Entherbergt unterwegs auf den gekrümmten Bahnen
Dorthin wo es endlos still ist und ...

Verkauf/t/e Kunst

Zwar sei die Freiheit portofrei
So intonieren die Minister
Doch jede Form der Künstlerei
Halten sie für sinister

Denn
KARIKATUREN KARIKIEREN KANN
INTERNATIONALE BEZIEHUNGEN BLOCKIEREN

Irgendwie sei die Kunst hiervon ausgenommen
So tönt es aus den Verwaltungsstuben
Doch macht sie einen recht beklommen
Diese Kunst des bösen Buben

Und
SO BEREITET DIE VERMEINTLICHE MORAL /-/ QUAL
UND FÜHRT DEN KÜNSTLER IN MANCH TIEFES TAL

Eventkultur, Spektakel, vollständige Nabelschau
Gewollte Hyperhype bringt allerlei Rauh'
Leben aus dem Kreissaal der gestanzten Wirklichkeit
Alles live, authentische Barmherzigkeit

Wenn
Autoabgase sich in Synagogen verirren
Die Banalisierungsmoleküle schwirren

Dann ist Erinnerung nicht
das Geheimnis der Erlösung
Dann wird Kunst zum Marketingprogrom
Auf dem Weg in die
Nostalgiegemeinschaft der
Massenvernichtung

Vogel(ge)sang

Wandelgänge, ewig lang,
Lebensborn und Ordensburg
eine Generation an der Mauer zerschellt
- ohne Selbstzweifel - uns gehört die Welt,
wir Heiden-Religiöse am Fackelzug
wir ruchlos Gläubige, wir unbedarften Eckzahnträger,
Hand in Hand in braun und schwarz gewandet

Eine Wolkenwüste wellt den Himmel
zu grauem Lebensteig
er zieht sich und er streckt sich,
so als wollte er dem entfliehen
was er mit ansehen muss, die Elite dereinst
und ihr Vermächtnis handverlesen,
schwillt ihr das Glück der Tugend
ohne Erbarmen aus jeder Pore

Vor einem Dunkelwald ragt ein Turm
mehr als nur ein massives Rechteck,
vielmehr Gewaltquader hinauf zum Himmel,
stellt Ansprüche an die Ewigkeit
eine Koalition aus weiter Schneefläche und
steingewordenen Idealen
grau-braun-rot

Fenster überall und Fassaden machtverheißend
Kameraden in den Gebäuden der Selbstgerechtigkeit
sie schwirren herum und schwitzen Substanzen
der Überlegenheit
und ihre Selbstgefälligkeit aus
gehen zum Schwimmen in den alten See

Größer sollte es werden, sollte weiter wachsen
Die baumlosen Höhen verdeckt, der See verschwunden
so war es gedacht
noch ein Geschwister in grau-braun-rot
der Dom zu Köln nur halb so hoch
wie dies Geschwister lang
seine Höhe miss in einhundert Metern
doch keinem ward bang

Dann rauschten, mit schrillem Schrei,
Wildgänse durch die Nacht
dann war die Welt voll Morden,
in Süd, in West, in Ost und Norden
wir sind der furor, das wütende Rasen,
wir gut erlernt, wir unbedarften Horden
ein Spalt im Himmel zeigt sich,
wirft sein Licht auf dunkelgrüne Moose
keiner hört das Knochenklappern so,
wir, stolz erhobenen Hauptes

Ihr seid die Fackelträger der Nation,
ihr tragt das Licht des Geistes,
ihr, die Zivilisation
im Kampf für mehr als tausend Jahre,
voran voran

Ach: was wäre der Mensch ohne Ritual,
ohne Opferschüssel, geliebter Thanatos
Wir schlafen nur, wir werden nur aus
diesem Schlaf gerissen, wir reißen
Und schlafen uns hinweg, wir schlafen in einem
fort – nur fort – fort – fort ...

Wolfszeit

Nehmen sie mich mit auf die Reise
zum Ursprung aller Erkenntnis.
Es ist der vielleicht einzige zivilisatorische
Ruhepunkt in einem
Kosmos atavistischen Verhaltens.

Die apokalyptische Reiter haben sich längst
von ihrer biblischen Heimat entfernt
und wandern vor Kraft strotzend
um den Erdball.

Selten durften sich die in Damaszenerschmieden
gewirkten Klingen der Bedrohung derart
frei in ihrer Wirkung fühlen.
Das Damoklesschwert hat so viele
Schwestern und Brüder bekommen.

Das Menschlein-Selbstbild fügt sich der Selbsttäuschung.

VOR DEM ERSTEN WIND

Die Nacht ist längst gebrochen, doch noch ist es früh ...
Wie alle Tage: nicht still, nicht starr, nicht ruht das Meer
Es paart sich mit der Seele
Ist ein Spiegel ohne Bild

Ein großer Schwarm kleiner Fische
Kommt zum Gruß
Vor dem ersten Wind

Du tauchst ein, Temperaturgrade geraten schwerelos,
Etwas, das jenseits von Sonnenauf-/ und Untergängen
Das jenseits von frisch und laut spritzendem Nass
Nimmt Dich behutsam zurück in der Zeit die Dir bleibt

Ein dichter freundlicher Stoff betört Dich
Doch Du folgst final dem Leben,
Entsagst der Unterwelt des Wassers,
dem Takt der Stundenbruchteile

Ein letzter Luftstrom presst sich pfeilschnell
durch's Atemrohr – und jetzt
Deine Augen auf der Wasserlinie
Tänzeln die Sonnenkinder eifrig und rufen
mit goldener Stimme den Wind

Es ist, als würden sie Dir nachlaufen zum Felsenstrand
Du gewinnst festen Boden unter den Füßen
Und verlierst dennoch – eine ganze Welt
Nach dem ersten Wind

Waldaihöhe 1

Bodennähe, tiefe Dämmerung, ein fast fahler
Lichtstreifen hinter hochstehenden Cirruswolken.
Eiseskälte, die Luft ist hochfeucht,
legt sich dicht wie Schweiß auf die
Kleidung, benetzt die Haut mit kleinen
Schuppen aus Wassermolekülen, die durch die
Nasenöffnungen einsickern.
Die Lungen sind ein einziges Feuchtbiotop.

Der Nebel ist unmissverständlich, dicht,
aber seltsam, nicht undurchdringlich.
Der Nebel sieht aus, fühlt sich an, als wäre er
lieber als Nassschneegestöber auf die Welt gekommen.
Einige Meter oberhalb des Grundes stehen
Birkenhäupter Spalier. Hier blecken die Kiefern,
Lärchen und Fichten auch im Sommer ihre
nackten Knochen der Sonne entgegen. Sie sind sauer.

Viel dichtes, dorniges Verholztes behindert
rasches Vorankommen. Morast selbst auf den
vermeintlich festen Flächen, sonst sumpfig
stehendes Wasser, obenauf rottende Pflanzenteile.
Äste und amputierte Bäume ragen aus dem
silberdunklen Stillwasser. Nichts tost, ruft,
bewegt sich, verweist auf tröstende Sichtschirme
oder sonstige Anhaltspunkte, die eine Vernetzung
der Sinne mit der Logik ermöglichen.

Hunderte dichtmoosiger Buckel, darunter
eiszeitliche Felsen. Schweiß fließt.
Meine innere Landkarte hat sich vollständig
verschoben, vermag nichts auszurichten,
gibt mir keine Orientierung angesichts der
trügerischen Ruhe. Ein Stillleben nur, wie
aus einem Gemälde von Goya.
Die Angst klammert, das Herz rast, ich kann
nichts Positives denken, finde keine Synthese.

Das also wird mein Alp sein, wenn ich
sterbe, dort hinten, auf dem knapp fußbreiten
Steg und dem dahinter stehenden Wald, der
eine Front gegen mich aufmacht, der mich,
wenn ich mich ihm anvertraue, aber auch
schützen kann. Langsam aufsteigende
Faulgasblasen umwabern meine unsicheren
Schritte. Ich gehe weiter. Wie weiter?
Noch immer herrscht Dämmerung.

Was mir die Zeit sagte

Die Zeit hat mir erzählt
Dass du ein seltener Fund bist
Eine gestörte Heilung
Ein verwirrter Geist

Und die Zeit hat mir erzählt
Nicht noch weiter nach noch mehr zu fragen
Irgendwann wird unser Ozean
Seine Gestade schon finden

Deshalb verlasse ich die Wege, die mich zu dem machen
Zu Etwas, das ich wirklich nicht sein möchte
Ich verlasse die Wege, die mich das lieben lassen
Was ich wirklich nicht lieben will

Die Zeit hat mir berichtet
Du kämest mit der Dämmerung
Wie eine Seele ohne Fußspuren
Wie eine Rose ohne Dornen

Deine Tränen erzählen mir
Es gibt wirklich keinen Weg
Zum Ende unserer Mühen
Alleine dadurch, was wir zu sagen imstande sind

Und die Zeit sagt mir
Bleib an meiner Seite
Um es erneut zu versuchen
Bis alles enthüllt und nichts mehr im Verborgenen bleibt

Deshalb verlasse die Wege, die dich zu dem machen
Was du nicht wirklich sein willst
Verlasse die Wege die dich das lieben lassen
Was du nicht wirklich lieben willst

Die Zeit sagte mir einst
Dass du ein seltener Fund bist
Ein Heilmittel, doch ohne Möglichkeiten
Für einen verwirrten Geist

Und die Zeit hat mir erzählt
Nicht noch weiter nach noch mehr zu fragen
Irgendwann wird unser Ozean
seine Gestade finden

WIR

Am Fluss der Flüsse
Tausende gingen da lang
Über die Jahrtausende
Verschieden
doch stets auf zwei Beinen
Kleine und Große

An den Flüssen des Flusses
Siedelten an fruchtbaren Hainen
Gemachten Halbmonden
Die (die) aus den Wäldern kamen
Großsteppen querten – überlebten

Flüsse der Änderungen
Haben sich aufgemacht zu erzählen
Giganten gebiert dieses
allerjüngste Jahrhundert
flügellos, erden- und kopfschwer
Kleine und Große

Mit den Flüssen geht der Fluss
Eines Tages die Zeit die sich
Ein letztes Mal umblickend
In ihren Fluss springt
Tausende noch werden kommen
Große und Kleine - überleben

Strahlenkränze an der Nacht
Lagern sorgsam geschützt
Paaren sich die die es wollen
Gewappnet und stark für die
Wasser der Flüsse
Die schwarzen ... weißen ... purpurnen ...

VORSICHT GEBOTEN

Kein kleines Schwarzes
Keine dräuende Karriere
Keinesfalls für Immer
Sagtest Du
Soo bin ich nun einmal

Wir werden auch so älter
Am Besten zusammen
Aber keinesfalls für immer
Sagte ich
Soo sind wir nun einmal

STILLE KRAFT

Du bist so gesund für mich
Du bist so selbstverständlich für mich
Du bist die Frucht meiner Seele
Nun schläfst Du und ich
Fühle mich geborgen

Ein bisschen zu s m a r t

Sie sagte:
Cleverle, sag mal, es ist doch immer
das gleiche Versteckspiel
von Selbstreferenz und Fremdreferenz.
Wie der Wurstelfaktor.
Nimm doch mal einen beliebigen Menschen:
Wir nennen ihn WER:
Nehmen wir einmal an, dass dieser WER nur wenig von
etwas oder sogar rein gar nichts kann, dann verkauft er
dies so, dass man das als etwas irgendwie Geschehenes
oder Produziertes bereitwillig als neu annimmt.
Vorausgesetzt, mein Lieber, es wird so oder so unter die
Leute gebracht ...

Er sagte:
Smartyleinchen, hör mal, also einerseits... so ganz ...
wertfrei ... wirklich ...
Du redest von Fehlern. Ist doch zum lachen. Mit all der
Mühe, du verstehst schon,
mit der wir manche unserer Fehler verbergen,
könnten wir sie uns ebenso leicht abgewöhnen.
Andererseits findet man, wann immer man sie braucht,
die helfende Hand am Ende des eigenen Arms.
Es wird also alles irgendwie schon gehen.

Ist doch prima eingerichtet ... so von Natur aus ...

Ich dagegen lachte nur,
sagte ‚Geschwätz‘ und dachte,
dass man das ja mit jener Trauer vergleichen könne,
die vom armen Menschen Besitz ergreift,
wenn etwas ... und nicht nur das Leben ... vollendet wird,
und dies seinerseits die reellen Wurstelgrenzen der
menschlichen Geduld über Gebühr überstrapazierte ...
kurz,
... irgendwie widernatürlich sei.

Zur Freiheit verdammt:
Eine kundenfreundliche Vorteilsargumentation

Zur Freiheit verdammt
Wie gut für uns – wie gut für uns alle

Stellen sie sich nur einmal vor, es wäre anders gekommen
Aber so ... die Natur hat es mit uns gut gemeint,
zum Glück

Und sie – willkommen, kommen sie
Ja bitte, sehen sie, dort, ich zeige es ihnen

Das dort ist ein ganz besonders interessanter Ladenhüter
Ich sage ihnen, hüten sie sich gut vor ihm

Es wird ihnen nicht gefallen, dass er trotz seiner
Vielfältigkeit zu nichts wirklich zu gebrauchen ist
Ja, im Grunde ist er für alle Lebenszwecke unnütz,
ein unbekömmlicher Parasit - Ich sehe, dass sie es denken,
ich sehe es in ihren Augen, wissen sie

Aber dennoch, und betrachten sie ihn einmal von allen
Seiten, sie werden feststellen, dass der Ladenhüter ein
ordentlich hübsches etwas ist

Gar nicht so übel, wie
Da darf ich ganz sicher sein und ...

Nicht wahr, sie geben es zu, dieses Ziehen, leicht zunächst
beginnend, aus dem Solar Plexus wendet es sich ihren –
verzeihen sie- südlichen Körperregionen zu,
um dann vollständig Besitz von ihnen zu nehmen

Sie lassen sich gehen – wie sympathisch
Spüren sie, wie angenehm
– einem unvermittelten Rosenduft gleich –
ihr anfänglicher Widerstand nach Hause geschickt wird;
von mir aus auch in den Keller, den hier stört er nur;
mich bei meiner Arbeit, und sie bei der Hingabe

Dazu bin ich ausgebildet, geschult, sie zu verführen,
ihre Sinne zu benebeln – ohne den sonst üblichen,
körpergewichtigen Geschlechtsakt;
Hingabe immerzu, ja, so ist es gut

Sie dumme Kuh, jetzt fangen sie nicht das Reden an; sie
machen noch alles kaputt – meine schöne mühevoll
genuschelte Mischkalkulation. Seien sie doch einfach nur
froh, dass sich jemand um sie kümmert, sie umwirbt

Gewiss ist es eine Masche, alle wissen das; finden sie
nicht, dass man in Kleinigkeiten großzügig sein sollte

Wer allzu genau hinsieht,
übersieht das Wesentliche – verstehen sie

Spüren sie, wie sich ihre Haut verändert; ich sage nur
Hormone, aber lassen wir das, wir wollen schließlich
nicht zu sachlich werden – wäre nicht in meinem Sinn

Kommen sie, so kommen sie doch; hier, und an dieser
Stelle bin ich ganz nahe bei ihnen, habe ich etwas
besonders Schönes, schauen sie, fühlen sie es, hmmm, ist
es nicht wirklich wundervoll, einzigartig

Ach ja, die Zuneigung und erst die Liebe, hier sehen sie selbst; ist es nicht hinreißend, dieses Gefühl; ein wirklich tolles Produkt

Am besten ist es, und das ist meine sehr persönliche Empfehlung, sie nehmen das Sonderangebot; hält und ist völlig ausreichend, sage ich ihnen; für sie völlig ausreichend

So, ich muss nun weiter, schade, aber dort stehen noch viele Kunden; sie warten auf mich; habe die Ehre und vielleicht auf ein andermal.

Zur Kasse bitte den zweiten Gang rechts und dann, richtig - schön gerade aus, immerzu

Und vergessen sie nicht ihr Kundenkennwort zu sagen

Wie? Ja ganz genau: »täppische Gefühle«

Sie erhalten dann sicher noch einen kleinen Rabatt

Sie mögen doch Rabatt, oder ...

Hinter dem Fenster

Hinter dem Fenster
Fühle ich mich großartig
Hinter dem Fenster
Sehe ich lauter Kompromisse
Du wirst geliebt werden
Du da unten
Jetzt lauf' doch nicht weiter
Hörst du es denn nicht
Ja - hörst Du es denn nicht
Wir sind in Eigenliebe zerrissen
Erfinden uns - und neu - immerfort

Bau der Liebe kein Denkmal
Sperr die Freiheit nicht ein

Und wenn es geht, wirklich
Nur, wenn es geht, dann ...
Geht es sowieso weit mit uns
Weiter geht es, Du Massen-Massel-Mensch
Aber eigentlich - eigentlich
finde ich es ja auch ganz unmöglich,
alleine zu sein sein.

Wehe dem, der Fenster hat
Der sieht noch längst nicht klar

Gulpilil oder das Leben von Dr. Mensch

Der Fels ist gratig, mit starkem Relief; er weist
Schwankungen an seiner Oberfläche auf, die – jedenfalls
intuitiv - auch dem Laien und dem oberflächlichen
Betrachter ein Alter signalisieren, das nicht wirklich
erfassbar ist.
In Jahrzehnten der Forschung gewonnene Zahlen
sprechen nüchtern, bisweilen auch schüchtern,
von 3,4 Milliarden Jahren. Aus dem Fels wachsen
Darmzotten ähnliche Auswüchse.

Sein Gesäß ist eins mit dem Fels, der ihm Sitzfläche,
Leinwand, Papier und Textil in einem, also ein Medium
ist. Er sitzt in einer Felstasche:
Vor ihm die stumpf aufeinander zulaufenden Felsflächen,
unten die Basis, oberhalb der kühn und frei stehende
Felsdeckel, der ebenso gut eine sich brechende Woge sein
könnte, die ihr Wellendasein nicht abwarten konnte und
zur Strafe für diese Ungeduld zu Stein wurde.

Aus der Perspektive der Felstasche fällt das Land vehement
nach unten ab. Ein Bruch, der in dieser Weite wie ins
Uferlose zu führen scheint.
Es ist jedoch der Mangel an Perspektiven,
an der Überkommenheit des Sehens,
an Wahrnehmungsmustern.
Es sind die eigenen Grenzen, die zu Ufern werden.
Denn hinter dem Ufer beginnt stets neues Ufer. Von hier
nach dort, zurück, im Kreis, und dennoch immer weiter,
aber nur dann, immer nur dann,
wenn man die richtigen Koordinaten hat.

Schöpferische Traumwesen, die ihre Gesangslinien über das Land trugen, Markierungen setzten – und die denjenigen die Koordinaten brachten, deren zwei Beine sonst nur zum herumirrenden Stolpern taugten.
In seinem Rücken ist das weite, das sehr weite Land. Kein Blick vermag an dieser Weite zu zerbrechen. Und nichts stoppt die Sehnsucht der Augengeister, die doch nur ihre Energie weit und noch weiter verschwenderisch gebrauchen wollen.

Der Mann sitzt wie verschmolzen mit seiner direkten Umgebung. Das fahlschwarze Haar, wie von dunklem Silber, in krauser Wildheit um den Kopf; ein Stück Stoff zähmt es zur Stirn hin.
Die Nacktheit wird nur von einigen Farbpunkten und Strichen und einem weiteren Stoffstück unterbrochen, welches er um den Oberkörper herum trägt.

Kein Boulevard zerbrochener Träume führt zu ihm hin. Wer solcherart unkundig den Boulevard verlässt, ist hier verloren. Die Tradition innerer Stärke hat ihm den Weg dorthin gewiesen, lässt ihn dort sitzen, ausharren, in zirkulärer Atmung geduldig Strich um Strich ziehen.
In Tausenden von Jahren war es nie anders.

Er nutzt die kleinen Buckel, die Vorsprünge, er sieht mit sicherem Blick die Spalten und fühlt die kleinen Mulden, die sich wie die Einstülpung der Anemonen im Felsdeckel verborgen halten. Selbst die allerkleinsten Rillen und Riefen fühlt er mit seinen Fingerspitzen.
Sie alle sind Teil des lebendigen dynamischen Reliefs, das er in seine Zeichnungen mit einbezieht. Hier oben misst er keine Zeit, schon gar nicht in Stunden oder Minuten gar.

Der Mann heißt Gulpilil. Es ist die Zeit vor den verlore-
nen Generationen.
Und wie überall im ganzen Land werden seine und die
Enkel aller Stämme in Missionen aufwachsen.

Und nur äußerlich werden sie groß!